Leon

BOËLLMANN

HEURES MYSTIQUES

Opus 30

VOLUME II

FOR ORGAN

K 04466

HEURES MYSTIQUES

—

2ᵉ volume   *L. Boëllmann, Op. 30*

CONTENTS

TABLE DES MATIÈRES

—

HEURES MYSTIQUES

2ᵉ VOLUME

L. BOËLLMANN Op. 50.

CINQ ENTRÉES

Largamente.

II

4

Maestoso.

Allegro moderato.

IV

Largo.

CINQ OFFERTOIRES

Molto moderato.

IV

Andantino.

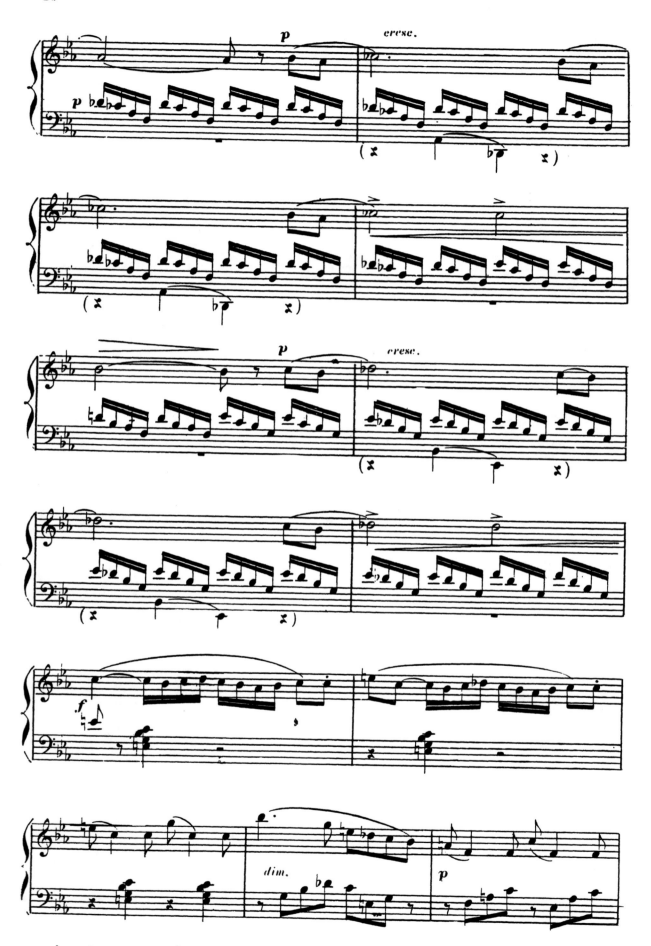

Les notes entre parenthèse sont pour la Ped. du G.O.

CINQ ÉLÉVATIONS

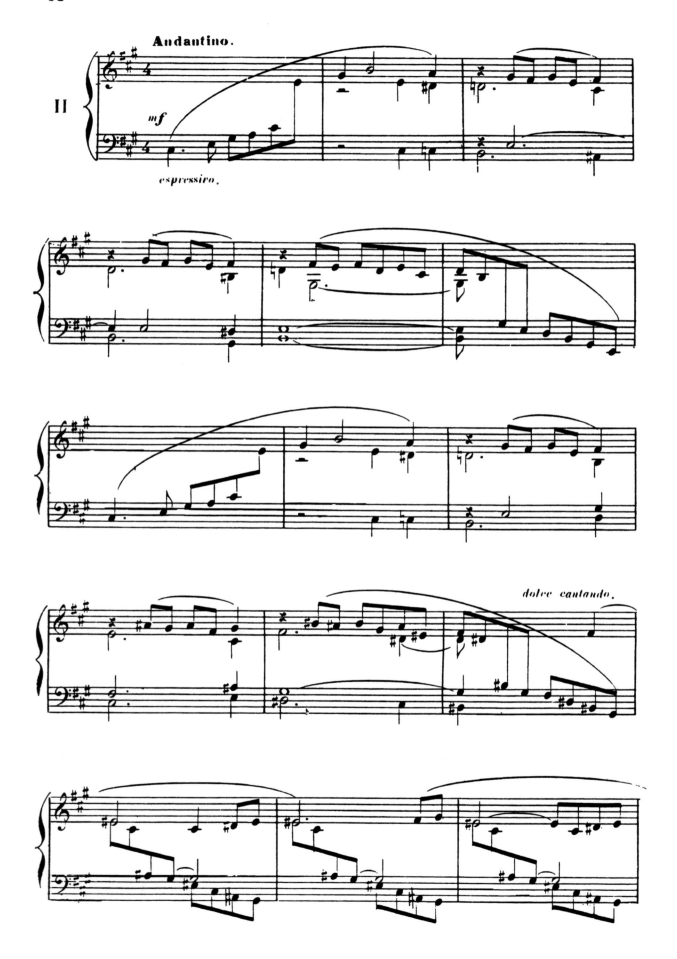

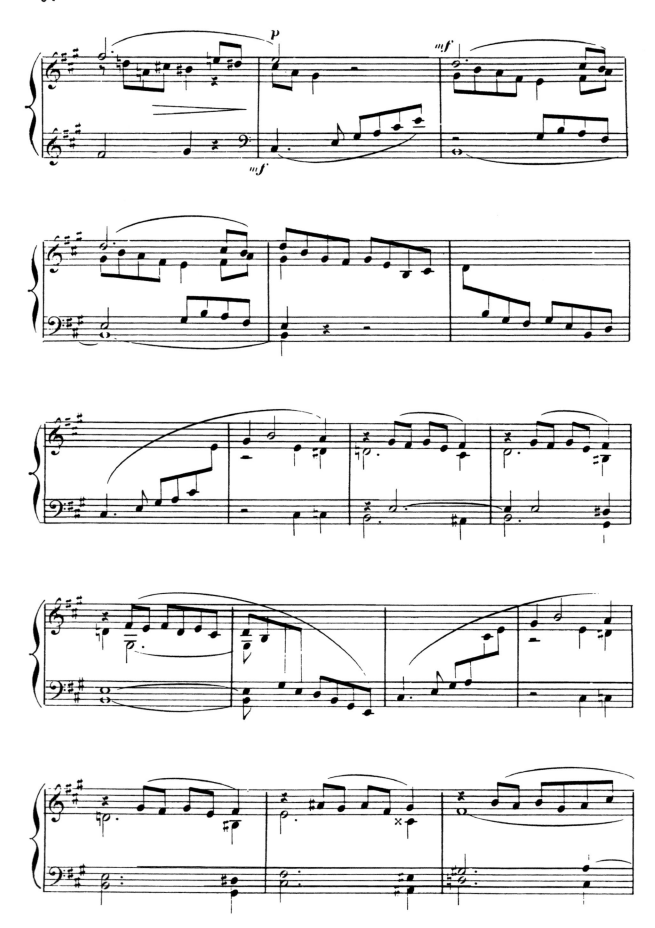

Allᵗᵗᵒ quasi andantino.

CINQ COMMUNIONS.

Andantino.

III

CINQ SORTIES

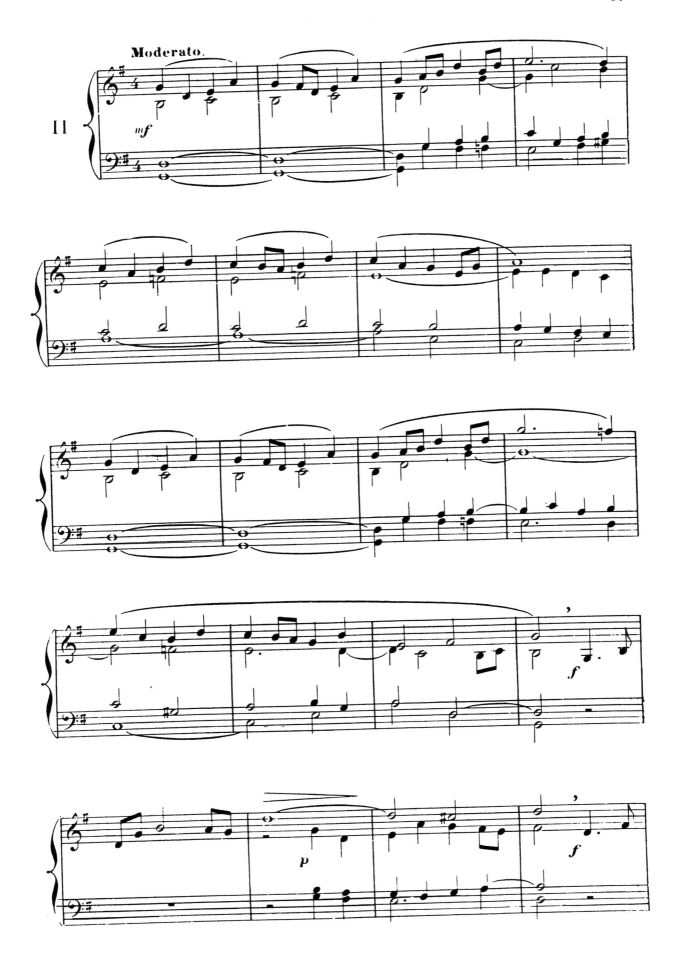

Allº un poco moderato.

III

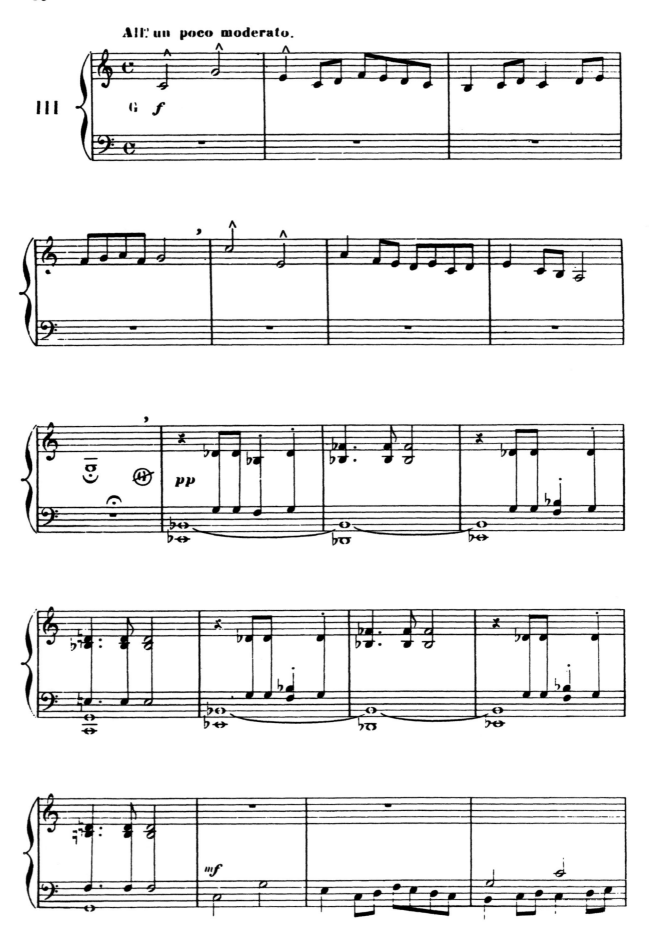

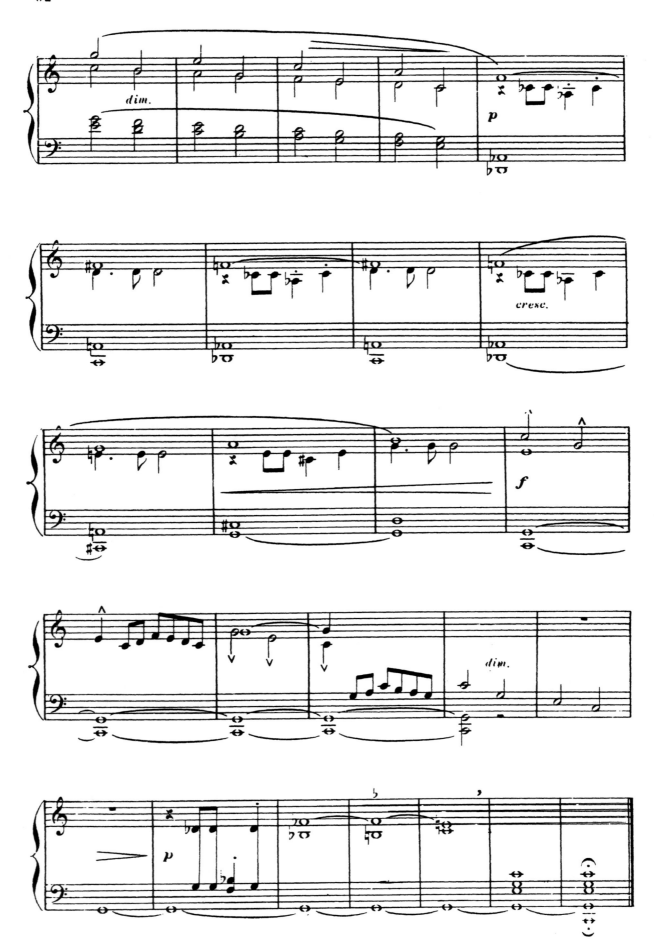

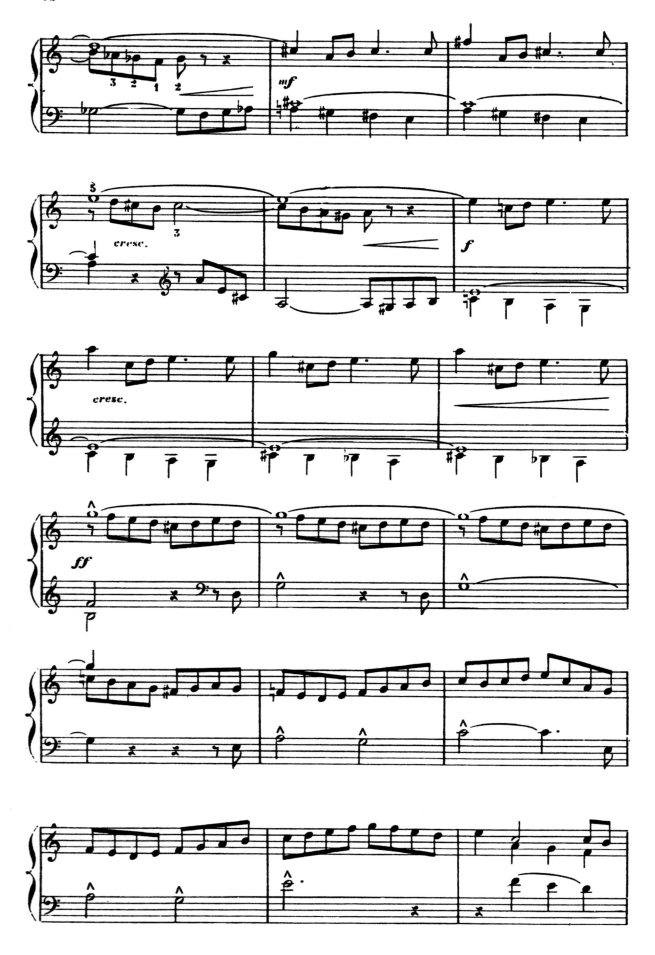

VERSETS

Andante espressivo.

111

Andantino.

IV

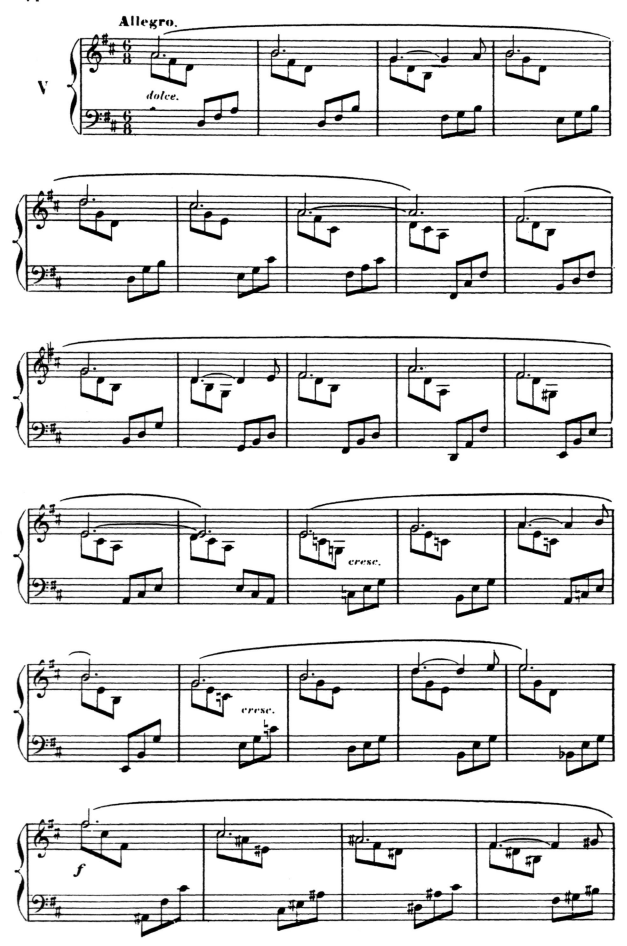

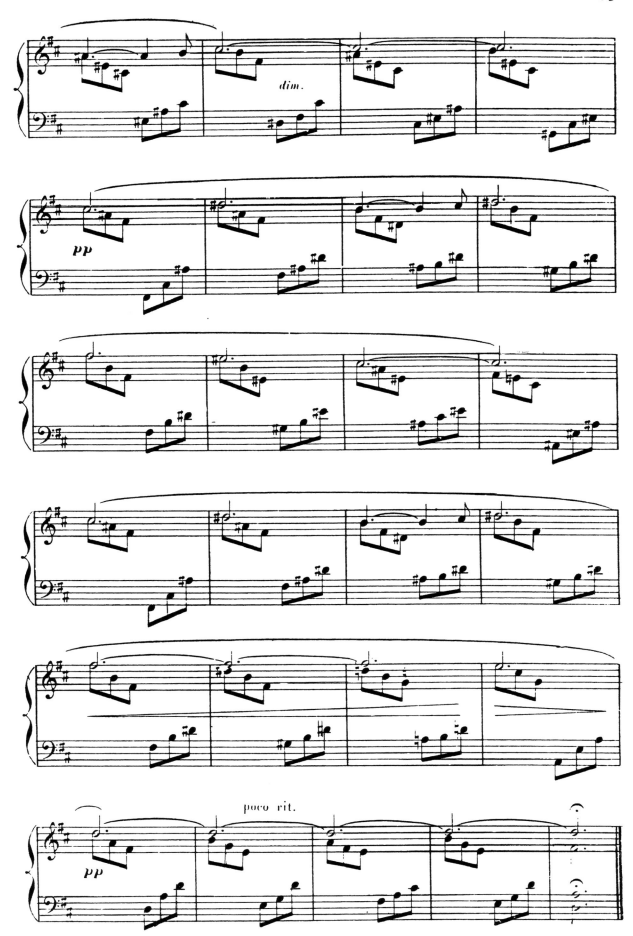

Andantino non troppo.

VII

Allegretto grazioso.

VIII

Allegretto.

X

poco a poco rall.

Allegro vivo e leggiero.

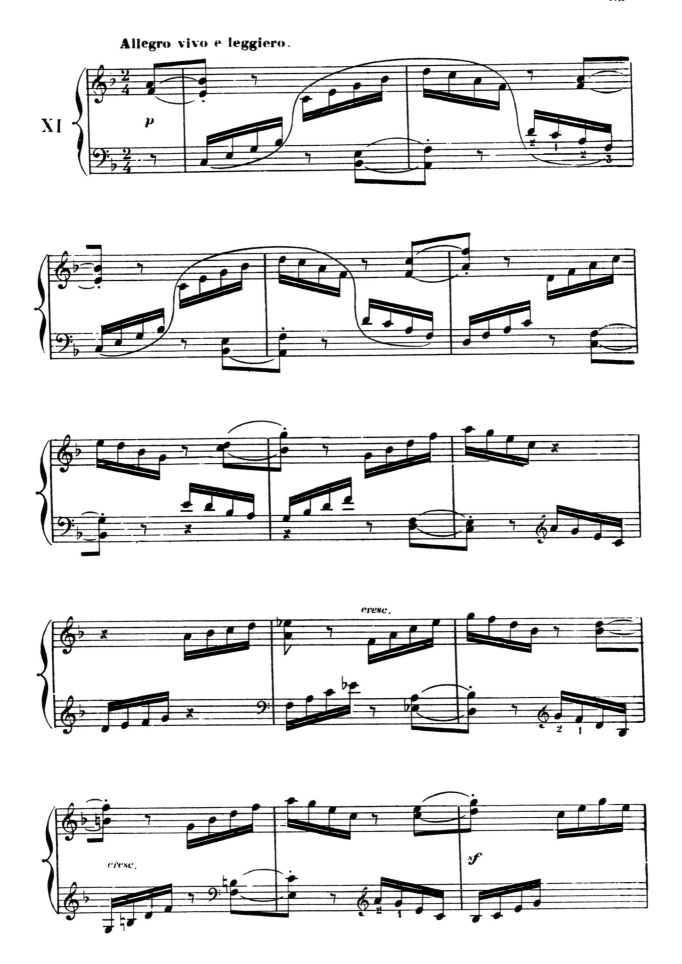

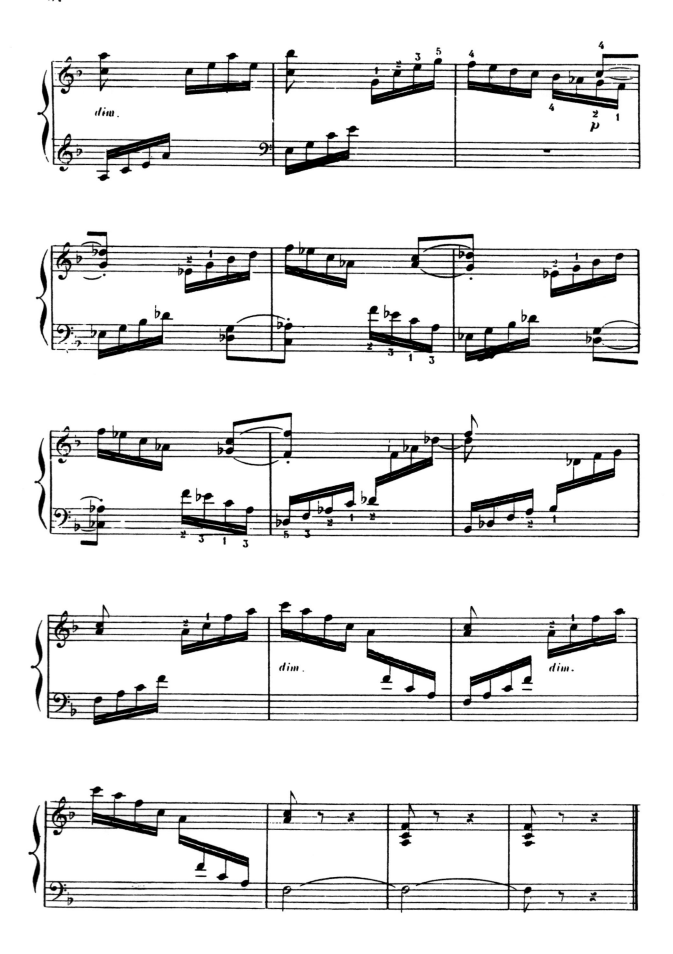

Andantino espressivo.

XII

dolce.

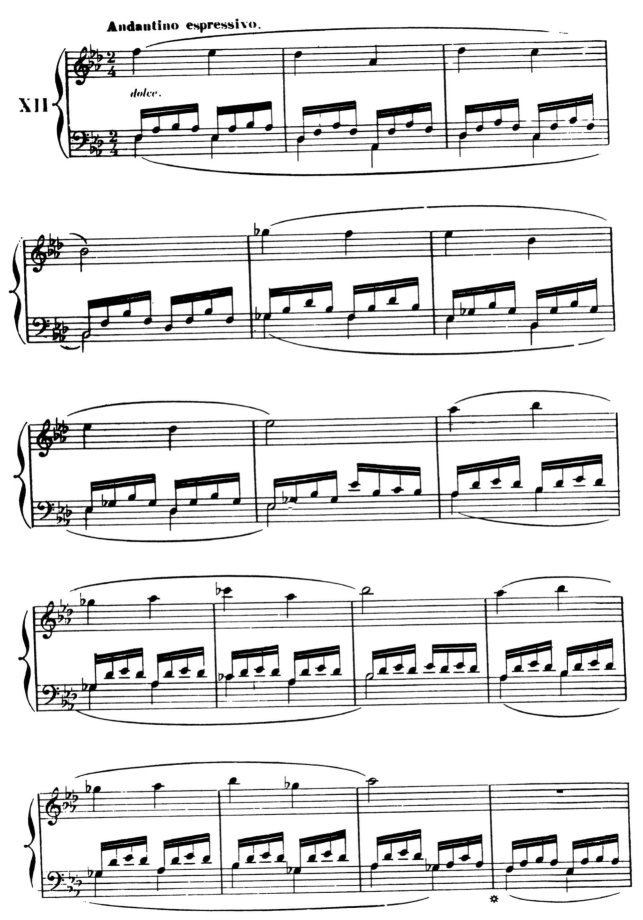

XV

Allegro assai. (Les croches de la m.d. très détachées avec la *percussion*)

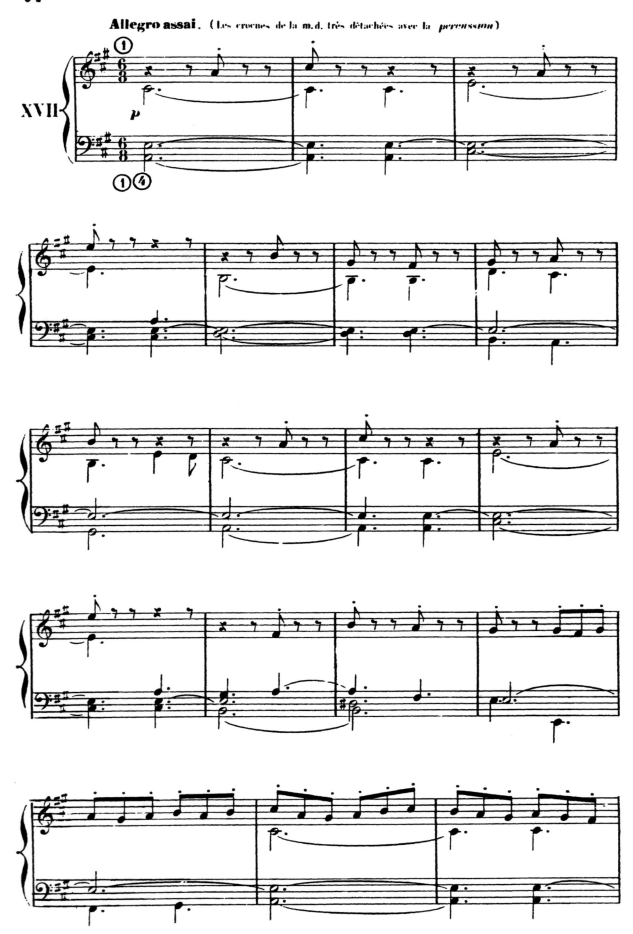

XVII

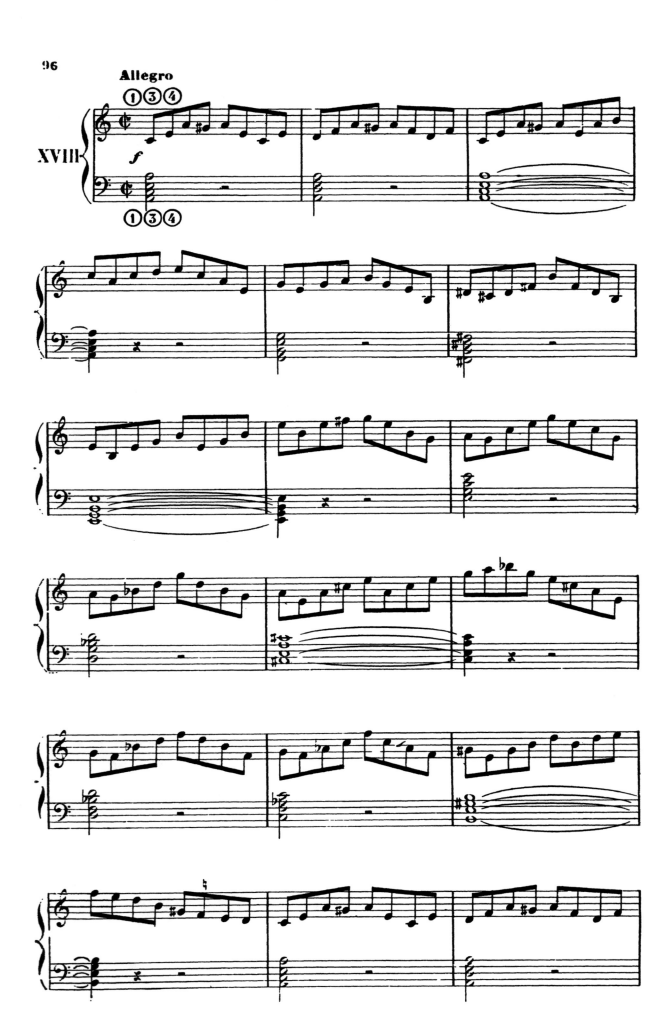

Allegro grazioso.

XX

Allegro moderato.

Allegrètto.

Allegro ben marcato.

XXIII